아리안의 노래

불교문예시인선 · 028

아리안의 노래

©석 전, 2019, Printed in Seoul, Korea

초판 1쇄 인쇄 | 2019년 08월 30일
초판 1쇄 발행 | 2019년 09월 03일

지은이 | 석 전
펴낸이 | 문혜관
편 집 | 고미숙
디자인 | 쏠트라인saltline
펴낸곳 | 불교문예출판부

등록번호 | 제312-2005-000016호(2005년 6월 27일)
주   소 | 03656 서울시 서대문구 가좌로 2길 50
전화번호 | 02) 308-9520, 010-2642-3900
전자우편 | bulmoonye@hanmail.net

ISBN : 978-89-97276-38-7 (03810)
값 : 10,000원

이 도서의 국립중앙도서관 출판예정도서목록(CIP)은 서지정보유통지원시스템
홈페이지(http://seoji.nl.go.kr)와 국가자료공동목록시스템(http://www.nl.go.
kr/kolisnet)에서 이용하실 수 있습니다. (CIP제어번호 : CIP2019033315)

아리안의 노래

석 전 시집

불고문예

나비의 꿈처럼
삶이 간단하지 않다.
말길이 막히는 순간에도
도랑에서 오죽이 자라고 있다.

己亥年 山寺에서 昔典 咿

차례

二步

三步

四步

一步

어느 가을날

동대산 청수물에
두 손을 담그니

산 능이 찾아
산에 오르는
문수동자 보이네.

허한 아침이슬은
가을마다 배가 고픈데

산 능선에서
눈 감고 내려오는
보현보살이
송이 하나 내어주네.

서리산 잣송이

산을 감싼 유성이
불기고개로 사라지면

별빛에 부딪히는
작은 떨림에도

백설기 같은 속살을
송이 눈에 감추고
시린 발등을 내민다.

눈이 큰 잣송이는
잠이 든 장승을 일으키고

눈이 작은 잔별들이
뒤를 따라 깨어날 때

잣송이가 후드득

별똥 되어 떨어진다.

고내장

제비가 왔네
제비가 왔네
반가운 제비가 왔네.

벌써
삼칠일이 지났나!

어린 제비들이
어미를 향해
입을 열고 있구나.

어머니
어머니
그리운 어머니

걸망 메고

하늘바다가 펼쳐진

古內藏으로 향합니다.

바름[正]을 태운다

산사의 굴뚝 높이만큼
도량에 피워지는 향 그림자

아궁이 숯불에
밤을 굽는 어린 행자처럼
공양간 주변을 서성거렸지.

바라지 열리우고
부지깽이로
불씨를 뒤적일 때마다

큰스님은 가마솥 위에
들기름을 바르고
또 바르셨지.

불꽃이 아궁이에서
바름[正]을 태우는 찰나

굴뚝은 환하게

불종자佛種子를 품어내고 있네.

호미

큰스님을 친견하려는 그가
일주문에서 호미질하는
노승을 만났다.

스님, 어디로 가면
큰스님을 만날 수 있습니까?

노승은 법당을 향하여
손가락으로 일탄지 하였다.

반각 후,
그를 배웅하던 주지가
"큰스님, 쉬어가면서 하시지요."

잠시 후,
노승이 떠난 자리에
그가 우두커니 서 있다.

겨울 산

고독이
심장을 끊어내면
눈발 공양하는
겨울 산을 찾아가라.

눈 내리기 전
얼음 먹고
눈물도 멈추게 하는 산

바리때 들어
순백 정토 만드는
그와 마주하여
그의 첫눈이 되어라.

텅 빈 발길을 옮겨
그의 산이 되어라
그 산이 되어라.

암자

옛 사람의 후예는
참당을 떠받들어
천년을 이어온
당림 숲이라 부르고

산 봉우리들이
암자를 품을 때

산승은
아리수 언덕 위에서
유황수로 두 발을 적신다.

꽝~
산이 울린다.

절고개

축령산 남이바위에
비구름이 비껴가는데

잠이 깬 단비가
산울림을 호지하고
화채봉 오소리를 부른다.

반야용선이
팔팔칠 봉우리에서
팔삼이로 내려가는
절고개에 내려앉고

산돼지 다섯 마리가
고개를 내밀며
꽃비 쌓인
하늘 밭을 일군다.

항아리

꿩꿩
저녁 짝귀에 놀라
다급해진 꿩 한 마리

항아리 넘어
뒷산으로 가는 시선
자욱한 안개에
부서지면

생사의 경계
돌고 돌며
춤을 춘다.

昔典頌

四四不二父師死
七七移移坐昔典
忽破三界本一座
何碍往來況豆田

사사가 不二하듯 緣이 다하도록
여러 해 헤매면서 古佛을 찾았으나
삼계에 이르러보니 본시 그 座席이라
걸림 없이 오고가나니 하물며 콩밭塔이랴!

오죽

바람이 치면
초목의 몸통은
반혼의 속살을 세우고

烏竹이 만개하여
생을 마감하듯
마디에는 잎이 모여드는데

아주 오랜 본능처럼
검게 되살아오는
화살이 되고자

텅 빈 머리[空頭]로
시간을 뚫으려 하는구나.

風打草筒半魂簡

會葉節如終竹滿

久本能復烏起矢

只空頭打穿時間.

二步

우금산성

검붉은 변산반도 안쪽
구시골 곤줄박이들이
서해바다 적벽강 매처럼
가파른 산채로 날아간다.

채석병풍 도침의 기도에
직소폭포 문고리 녹슬어도

천 년 바람 능가산 따라
쿵쿵 내려오는 심장소리는
곰소항 갯가를 채질하여
생미역 소금 밥알을 말아

흰머리터럭 같은 돌 틈 아래서
우금성禹金城 푸른 삭도를 구해
내원궁에 검은 머리 묻어두고
개암시開巖寺를 디고 넘는다.

춘몽

골 깊은 산허리를 비틀어
수액을 뽑아내던 세흔世痕이
봄바람에 덧씌워져 간다.

산등성 벚나무도
세파에 고인 고로쇠처럼
스르르 상처가 깊다.

촘촘히 패인 종전 구멍에
연분홍 꽃잎이 날아와
지나가는 시집詩集이 되고

바람이 잠든 빈 우편함에
박새가 집 짓는다기에
알 낳지 마시고
평조peace treaty 하시라.

무구無垢의 꽃잎이 지기 전,

이 산을 또 넘는다.

그의 여행

열렬한 환호 속에 전용기 문이 열리고
트럼프를 수호하는 전사가 되어
친미로 모인 자리가 자유요 민주요
동문이요 가까운 이웃이요 우방이요
박수를 받으며 문이 닫힌다.

누가 부르지 않아도, 그가
새벽 찾는 도레미로 나서지만,
추락하는 다리에서 아귀를 만나고
분신하는 거리에서 노동자를 만나고
절벽 같은 고층 건물에서 투신하는
으~악 새를 만난다.

오가는 평양 버스
정류장 파라솔 옆에 노숙자
버스를 기다리는 고개 숙인 시민
성조기 흔드는 인파 속에서 찬송가가 흘러나오고

저임금 현장마다 '북녘 근로자 환영' 현수막이
보인다.
축복받는 황금돼지가 만세를 부르는데
잡초 무성한 농가에는 그의 삽이 사라지고
공항으로 달려간 그의 모습이 보이지 않는다.

공명조

처음에
우리는

내가 너고
넌 나였다.

살다 보니

내가 잘났냐
니가 잘났냐.

내가 없는
세상에서 살고 싶다며

네가

나에게

독약을 먹여

너까지 죽을 줄이야······.

깔때기

거친 육체가
물찬 방에 기대어
숨 쉰다 하여도

눕기에는
밤이 짧구나.

금오신화 金鰲新話

하나 둘 피어나는
열두 치 억새 지붕

사람 냄새 지우려
혼령과 살았다는
가을 아지랑이
피어오른다.

묘지 위 곡성으로
밤새우던 여인이

양생이 못 잊어
매월당 계곡에서
황금 자라로 변한다.

외밭[瓜田]

외밭 여름 장마는
일찍 잠이 깬 매미처럼
장단에 맞춰 땀을 흘린다.

베짱이가
꾸벅꾸벅 졸고
집을 찾는 개미들이
발버둥 친다.

매미가 외가 별거냐며
외밭 옆으로 날아갈 즈음
베짱이가 잠에서 깨고
개미가 서둘러 봇짐을 챙긴다.

장마가 끝나고
불볕더위 시작되자
흰 독수리가*

섬광閃光을 발산하고……

매미, 개미, 베짱이의

선혈이 외밭을 덮는다.

* THAAD : Terminal High Altitude Area Defense.

철마

십 이륙
안중근을 찾으러
하얼빈에 갔더니

백두산
천지만 보이더라.

어느 가을날
흑룡강에 머물다
철마와 상봉하니

뜨거운 철마가
총 한 자루 건네주네.

두부

순두부처럼 사라진
남부군朝鮮人民遊擊隊.

유엔군 폭격으로 폐사된
完山州 칠백이고지 주줄산
운문사에 두부 들고 간다.

강원도 세포군을 재출발한
독립4지대 이현상李鉉相
完山이 되고 火山이 되어
53년 9월 18일 빗점골 사망.

두부 한 모 들고
방생하러 그 산에 간다.

…… 석방이다.

삼족오

눈비 내리자
서걱거리는 발목을
광화문에 내려놓고

비구의 서원
손가락 마디에
철발우 하나 채워
소신하신 정원 큰스님

눈바람 불어오면
촛불을 지키는 수호신처럼

걸망을 메고
돌아온 까마귀들이
광장 위로 날아오른다.

사람이 나라였지만

이 나라가
언제 사람이었겠는가?
원시사회나 사람이었지.

밥그릇에 기대어
죽어가는 영혼을
그대가 먼저 발견한다 해도

자고 일어나면 들개 떼의
밥상머리에서 몰락하겠지.

해 질 녘 신의 발목을 붙잡고
시바의 여인처럼 춤춘다 해도
가나안 노예처럼 통성한다 해도

잠에서 깨어 보면
신의 그림자처럼 사라지겠지.

三步

반달

까까머리가 툇마루에 앉아
계수나무와 토끼를 사랑했네.

졸고 있는 훈장님* 몰래
동구 밖 소나무까지 달려 나가

和尙**이 내민 단맛에 팔려
도솔암에 가보니
겨울 땟거리가 곶감이었네.

돛대도 아니 달고
삿대도 없이
잘도 가는 줄만 알았네.

* 丁珪秀翁
**天雲尙遠

空手來空手去

우리가 가난했던 시절
그대가 내민 손을

그대는 투자라 말했지만
우리는 원조라 말하였고,

우리가 성장하여
옆집에 선물하면

아들딸들이
퍼주기라고 한다.

가지면 가질수록
번뇌가 늘어가는 것을……

우리가 죽을 때에는

이 땅의 아들딸들이

부자가 될 수 있을까?

빈잔

무심한 먼지는
아무 말 없이
출렁이는 그림자 되어
빈 잔을 도배하고

창살에 걸린 달빛은
거친 숨을 고르고
스르르 내려앉아
빈 잔을 덮는다.

......

한줄기 새벽바람이
빈 잔을 깨우고 지나간다.

빈집

그 집에 도착하였지만
문이 열리지 않았다.

지나가는 시선들
다가오는 숨소리가
부담스럽다.

한참동안 돌린 후에야
고장 난 문고리가 열렸다.

아직도 객인가 보다.

똥막대기

그대여
어디에 서 있나
어디로 달리시나
님을 따라가시나

지나버린 길가에서
성장판이 멈추면
똥 막대기를 탐하라.

돌아가는 발길에
업경대가 생각나면

탐진치에 여민
포대자루 하나쯤
남겨두고 가시라.

이러다가

이러다가 들고 가지

저러다가

저러다가 후회하지

똥 막대기로다

똥 막대기로다.

드가를 만나다

바람이 붓통에 부딪칠 때
창살에 걸린 붓대를 내려
예리한 붓끝에 먹물을 먹인다.

옆에 앉은 에드가 드가

리듬에 맞춰 발끝을 세우려는
우아한 발레리나 동작에서
짐승의 미소를 보았어요.

머리 아래 귓불이 간지러워
손가락을 단지에 넣었더니
아양 떠는 개소리가 들렸어요.

......

먹물 네 점을

눈과 귀에 찍었더니

단지에 들어가 있던 드가

바람 타고 먹물에 잠긴다.

개복숭아

비 내리던 어느 여름
그가 풋내 날리며
산으로 올라왔다.

사는 것이
사는 것이 아니라서
산으로 올라왔다는 그

산 넘어 가던 이
그가 한 달 전
세상을 떠났다 했다.

무정한 사람
부랴부랴 목탁 들고
극락왕생 극락왕생

그의 향기가

은은하게

내 장삼 자락에 젖는다.

망나니

너도 망나니
나도 망나니
춤추는 망나니로 오고 가며

거친 번뇌 일어나면
망나니와 친구가 되고

미세 번뇌 옅어지면
남아있는 숨줄 끊으려 하나니

취모리吹毛利 양날 만나기 전에는

먼저 쉬러 가는 이 원망하지 말고
뒷날 쉬겠다는 그에게 상처 주지 말어라!

그 울음소리 처량하다

모두가 제 잠자리 찾아드는

깊어가는 여름 밤

잠 못 들어 뒤척이며

창밖 달빛 소리 듣는다

토방으로 뛰어 오르며

깨금발 딛던 어둠이 지쳐

발소리 무겁게 사라진다

아직 백중사리는 다 차지 않았지만

뜨겁게 차오르는 숨길이

손짓하며 물결쳐 오는데

어제 만난 고양이 한 마리

야옹 야옹 울어대니

잠시 풀벌레 소리 여리어진다.

이따금 목 쉰 부엉이

그 울음소리 처량하다.

지워진 짐 다 내려놓으면

산비탈을 지날 때 만나게 되는
주춧돌 몇 개만 남은 옛 절터에는
이름 없는 석탑 하나
이끼가 퍼렇게 돋아나 있다
살아 온 인연들의 무게가 너무 깊어
수행의 먼 길 가고 있음일까
이 세상의 험한 길 위에
덧없이 지나간 세월들이
저 숲의 공기를 정화하는지
내 마음에 헛된 생각 묻어 있어
산 첩첩하고 구름도 무겁게 내리어
내 길이 보이지 않는다
큰 진리를 얻으려는 마음의 번뇌
다 내려놓아야 한다는데
어리석게도 저 무거운 인연들
아직 끊지 못한 탓인가
그래도 나날을 지탱하여 살 수 있음은

오직 법력 때문일 터

내게 지워진 저 짐을 다 내려놓으면

뒷방이라도

저 밝은 달, 맑은 바람 함께 하겠지.

마음과 눈, 그 둘이 함께

좌선을 끝내고 산을 내려오면서

피안의 세계는 늘

그리움을 만들고 지우는 곳임을 깨닫는다

내가 끝낸 동안거는

넓은 바다 속에 돌 하나 던지는 작은 힘

무한을 다할 수 없는 영겁을 느낀다

더구나 끊을 수 없는 속세의 인연이

간절하고 애절해 질 때는

밤마다 내려오는 저 달빛도

깨달음에 닿지 못하는 헛된 망상이 된다

한 포기의 풀도 한 그루의 나무도

흩어지지 않는데 마음이 산란해 진다.

아직 마음의 경계를 세우지 못했음은

속세의 그리움이나 연으로

수행이 힘들고 고된 길임을 알게 한다

문득 마음과 눈, 그 둘이 함께

나를 돌아보게 하는데

부처의 마음 붉게 토한 낙엽이 자꾸만

발목에 채이고 있다

마지막 가는 피안은 마음이라고.

하얀 나비

산고개 내려오는
그리운 아침햇살이
호젓한 차방
찻잔에 비추인다.

뜰 앞 잣나무에
맴도는 그림자
멀리 떠나지 못해
풀어낸 업연의 비상

착하게 살아서
착하게 살아서
나비가 되었구나.

눈시울 훔치며
나비를 따라나선다.

四步

太白山歌

太白爲曲調
何幽體離脫
若見雲衆慙
天動答一喝

태백산 곡조가 이르시되
어찌하여 유체이탈 하시는가?
구름떼의 부끄러움을 보았다면
천둥처럼 일갈一喝 하시게 !

동백꽃

마애불磨崖佛 새긴
마이트레야彌勒 공덕으로
내원궁 향한 천질바위에 잠들어
도솔천에 먼저 가신 가세바위

배맨바위에 매인
애기바위가 청룡을 타고
비기秘記*를 되찾으러 한양으로 갔어.

화신化身이 되고
접주接主가 되고
접신接神이 되고
예수yesuu가 되고**

언제나 다리 펴고 잘까
이리 뒤 척 저리 뒤 척
객방에서 돌 개구리가 되곤 했어

어릴 적 붉게 핀

첫사랑 봉준이

찾아와 손 내밀면

거친 손이 부끄러워

한잎 두잎 입에 물고

동백꽃 속으로 숨어버렸어.

* 孫華仲이 꺼냈다는 마애불상의 검단대사 秘訣.
** Skt. yc+suu [ye; those who. suu; to produce/ suta; son,
sutā; daughter].

백두옹

북한산 산그늘이
대서문을 지나면

노적봉 범종소리
북두성처럼
백운대를 울린다.

굴참나무 잎새는
발걸음 소리
잦아들게 하고

멀리서 물보라가
백두옹白頭翁*을
쉬어 가게 한다.

  * 할미꽃

설잠雪岑

萬壽無量寺 翩翩黃鳥行

復活句雪岑 逢碧道今生

만수산 무량사에

분화된 황조가 날아가

되살아오는 눈 봉우리를

금생의 푸른 길에서 해후하네.

귀지歸地

아
아가
아가 태어나

아위[ayu]*가 해지게[smat] 웃는데
아긋하게 웃다가[smát se]
아련하게 웃다가[smile]

아랑곳없이
아~예[yes]~ 하다가~

아~ 마저 사라진 듯
아~예~ 하면서
아웃[out]되고 남는 것은 매트[mat]뿐 인가?

* 생명

아리안의 노래

그때는 추웠고
아리안 소리는 깊었다.

이경耳境에서 가까운
어금니[牙]를 물면

내공의 더운 기운이
설화舌火를 움직인다.

대지가 후두喉頭을 박차고
치금산齒金山을 넘을 때

소우주 천정을 때리면서
아리안의 입술[水脣]은
세상을 향해 포효했으리라.

아리안의 노래 2

그때는 추웠다.

독수리와 콘도르가
툰드라를 지난 하늘 자손에게
12정상 고원한편을 내주었고
황도黃道를 따라 남하하는 금오金烏는
당그래 칸을 조선으로 이끌었다.

시계를 그리면서 해우리에 새긴
검붉은 삼족오가 날아가는 철에는
극락을 품은 혜안의 불사조였고
가릉빈가는 대붕이 되어
잠든 Himalia와 Andes 산맥을 깨우려
밝은 바리때 눈으로 두 팔을 빌려
세상을 향해 파초가 되었으리라······.

옛길이 끊어진 시간

분화된 부여신화의 편편황조翩翩黃鳥가*

검붉은 고구려 고분벽화가**

꾀꼬리로, 흰색 인면조로 변색되어

평창, 평창을 반시계로 개장한다.***

* 翩翩黃鳥 雌雄相依 念我之獨 誰其與歸,〈三國史記〉권 13, 高句麗 本紀 ; 김부식이 고구려 제2대 유리왕(재위 BC 19~AD 18)의 작품으로 채록하였지만, 서정시 황조가의 꾀꼬리설은 후대 학자들의 오독으로 이해된다. 식민사관의 극복에 관한, 재평가를 학계의 연구과제로 남긴다.

** AD 408년에 축조된 고구려 덕흥리 고분벽화; 남포직할시 강서구역 덕흥동.

*** 평창; 2018년 동계올림픽 개회식. 키신저; IOC위원, 전 미국 무장관, 트럼프대통령 외교라인 멘토.

아리안의 노래 3

가아ga~
하늘을 날며 가는
金始鳥가
가ga~가아gaa~

금시조가 날아가
하늘을 가르자garja
천둥소리 우렁차게 울린다.

공중으로 날아올라
가ga~카아kaa~랗raḥ
가루다garuḍa가 되고

밀림 숲으로 가야gaya
삭발削髮한 가자gaja도 만나고
Himala-ya耶 넘어 가야伽闍
가사伽闍 되고 갈사羯闍 되어

갈마羯磨가 시작된다.

가라, 알을 깨고 나온 것처럼

가라, 늘 처음처럼

가거라~

고양高陽에서 다시 읽는 丹心歌*

꽃 뫼 바람 불어오는 북성北城
仙人이 산채로 돌아가는 길에
책장을 넘기며 앉아 있습니다.
공주가 강변 버들강아지 따라
학처럼 꽃을 따며 평안하게 걷다가
화산花山처럼 보이는 선인을 만났습니다.

무엇을 그리 읽고 있습니까? 라는 물음에
조의선인皁衣仙人 의궤儀軌를 보고 있습니다…….
산채로 돌아온 을밀乙密은 학공주安鶴를 못 잊어
조의촌皁衣村 산채를 넘어 장수가 되었습니다.

한강 북쪽 정세를 살피러 왔던 안태자興安는
한주韓珠 미녀와 정인情人을 맺고 돌아가 왕이 됩
니다.
한주는 정인이 있다며 행주성幸州城 성주의 수청
을 거부하고

80

안장왕安藏은 한 여인조차 책임지지 못 하는데
어찌 나라의 백성을 책임지겠느냐고 합니다.

왕의 마음을 헤아린 을밀乙密은 변복하고 옥사에
잠입하여
한주에게 조의수칙皂衣修飭 한쪽 단심가丹心歌를
보여주며
성주의 생일잔치에서 낭송을 신호로 정합니
다…….
고봉산高峰山에 봉화를 피워 한주를 구했다. 전
하고
국경에서 애태우며 기다리던 왕은, 정인 한주와
상봉하게 됩니다.

* 단심가 : 이 몸이 죽고 죽어 일백 번 고쳐 죽어, 백골이 진
토 되어 넋이라도 있고 없고, 임 향한 일편단심이야 가실 줄
이 있으랴.

능엄주

마음을 다잡아

강대하신 여래의 정수리는

마치 밝은 비단 빛 발산하듯

모두 다 순응하는 천하무적

아~ 신비한 다리니*

* 昔典, 『昔典本楞嚴神呪』 해조음, 2019.
sata tathāgata uṣṇīṣa sitāta−patra
aparājita pratyaṅgirāṃ dharani
사띠(마음 챙김)로 강대强大하신 여래 불정(肉髻相)이
밝은 빛[光明=化身佛]을 비단傘蓋처럼 덮고 있는 것과 같이
완전하게 조복調伏시키는 천하무적(楞嚴)의
神呪(신비한 부처님의 다리니).

■ 서평

― 석전선사의 『아리안의 노래』를 읽고

'마음을 다잡는' 밝은 비단 빛처럼 長一한 마음

釋普雲 │ 시인·중앙승가대학교 겸임교수

人生에서 고苦의 업상業相이 항상 그림자처럼 양립하고 우리는 그 과정을 딛고 깨달음을 얻고자 노력하는데, 實質的이고 적극적인 세계로 이끄는 한 줄기의 빛이 禪의 모습이며, 선은 내면의 자아와 우주의 본질을 인식하고 사유하는 修行의 체계이자 認識의 한계를 타파하는 과정이다.

이러한 관점에서 禪詩는 일상적인 수행으로서 禪과 詩의 관계를 정립하는 文學의 형식으로. 형식이나 격식을 뛰어넘어 내면의 사유로 眞理世界의 궁극적인 깨달음에 이르려는 방편이 시적인 언어와 형식을 빌어서 완성된다.

혁명적 詩語의 묘미는 역설과 모순으로 *存在*하는 現實의 苦
痛에서 그것을 극복하기 위해서는 깨달음의 과정이 있어야 하고,
무애無礙의 과정이 필요하다.

따라서 이러한 구체적 과정이 삶의 시어로 완성되어야 한다.
禪詩란 결국 무위無爲의 연緣을 찾아가는 생멸生滅의 변화를 주
목하는 과정으로 이해할 수 있다.

　　화신化身이 되고
　　접주接主가 되고
　　접신接神이 되고
　　예수yesuu가 되고

　　언제나 다리 펴고 잘까
　　이리 뒤 척 저리 뒤 척
　　객방에서 돌 개구리가 되곤 했어
　　　　　－「동백꽃」 중에서

이러한 변화를 「동백꽃」의 "화신化身이 되고/ 접주接主가 되
고/ 접신接神이 되고/ 예수yesuu가 되고"의 구절에서 고뇌의 시
선을 담아내고 있고,

아주 오랜 본능처럼

검게 되살아오는

화살이 되고자

텅 빈 머리[空頭]로

시간을 뚫으려 하는구나.

-「오죽」 중에서

오죽」에서 "텅 빈 머리[空頭]로/ 시간을 뚫으려 하는구나."라는 구절에서 현실적으로 詩想를 常存케하는 고뇌를 시인은 단호한 창작의 어조로 대변하고 있다.

禪師의 구체화된 시에서는 이러한 행위를 어떻게 추론해야 하는가를 살펴보기 위해 시공간의 변화를 담는 假立的 관점에서 보면 다음과 같다.

극락을 품은 혜안의 불사조였고

가릉빈가는 대붕이 되어

잠든 Himalia와 Andes 산맥을 깨우려

밝은 바리때 눈으로 두 팔을 빌려…….

-「아리안의 노래 2」 중에서

선사는 「아리안의 노래 2」에서 "극락을 품은 혜안의 불사조였고/ 가릉빈가는 대붕이 되어/ 잠든 Himalia와 Andes 산맥을 깨우려/ 밝은 바리때 눈으로 두 팔을 빌려……."라는 무한한 우주를 담는 그 그릇이 되고자 한다.

> 가지면 가질수록
>
> 번뇌가 늘어가는 것을……
>
> ―「空手來空手去」중에서

다른 한편으로는 "가지면 가질수록/ 번뇌가 늘어가는 것을"이라는 빈손의 미학을 통하여 내면의 세계가 관찰되고 있다.

그렇지만 선시는 지면을 통하여 선사의 문학세계를 표현할 뿐이고 수행자로서 추구하는 무애의 삶과 불멸의 초시간적이고 초공간적인 진실인 열반의 세계를 표현하는 한계에 봉착하게 된다. 그럼에도 불구하고 이러한 한계를 명료하게 투과하는 과정이 선시의 매력이라 할 수 있다.

> 큰스님은 가마솥 위에
>
> 들기름을 바르고
>
> 또 바르셨지.

불꽃이 아궁이에서

바름[正]을 태우는 찰나

굴뚝은 환하게

불종자[佛種子]를 품어내고 있네.

    –「바름[正]을 태운다」 중에서

석전선사의 관점을 간략하게 살펴볼 수 있는「바름[正]을 태운다」의 "불꽃이 아궁이에서/ 바름[正]을 태우는 찰나/ 굴뚝은 환하게/ 불종자[佛種子]를 품어내고 있네."에서 現實과 理想이 교차되는 시점과 觀念과 無念이 교차하는 지점의 公案에서 活句을 찾아 볼 수 있다.

겨울 땟거리가 곶감이었네

돛대도 아니 달고

삿대도 없이

잘도 가는 줄만 알았네.

    –「반달」 중에서

거친 육체가

물찬 방에 기대어

숨 쉰다 하여도

눕기에는
밤이 짧구나.
－「깔때기」 중에서

「반달」의 "돛대도 아니 달고/ 삿대도 없이/ 잘도 가는 줄만 알
았네."와 「깔때기」에서 무애無礙를 추구하는 쉼이란 時空間의 조
건에서 보면 그리 간단하지 않다고, 시인은 말하고 있다.

석전선사의 시세계를 결론적으로 말한다면 「능엄주」에서 보주
寶珠의 세계로 확장성을 가지는 禪風이 드러난다. 즉, '마음을 다
잡아' 밝은 비단 빛처럼 장일長一한 마음이요, 수행의 요체로 합
일시키고자 하는 실체적 眞如性이 투영되고 있음을 확인 할 수
있다.